O FANTASMA DE CANTERVILLE
O PRÍNCIPE FELIZ

Oscar Wilde

O FANTASMA DE CANTERVILLE
O PRÍNCIPE FELIZ

3ª EDIÇÃO

PAZ E TERRA
Coleção Leitura

Editores responsáveis: Christine Röhrig e Maria Elisa Cevasco
Edição de texto: Thaís Nicoleti de Camargo
Produção Gráfica: Katia Halbe
Capa: Isabel Carballo

Dados Internacionais de Catalogação na Publicação (CIP)
(Câmara Brasileira do Livro, SP, Brasil)

Wilde, Oscar, 1845-1900.
O fantasma de Canterville ; O príncipe feliz /
Oscar Wilde ; [Tradução Lia Vasconcelos, Edu Teruki
Otsula]. — Rio de Janeiro : Paz e Terra, 1996. —
(Coleção Leitura)
ISBN 85-219-0202-6
1. Contos ingleses 2. Literatura infanto-juvenil
inglesa I. Título. II. Título: O príncipe feliz.
III. Série.

96-2002 CDD-823
-028.5

Índices para catálogo sistemático:
1. Contos: Literatura inglesa 823
2. Literatura infanto-juvenil 028.5

EDITORA PAZ E TERRA S.A.
Rua do Triunfo, 177
01212-010 — São Paulo — SP
Tel.: (011) 223-6522
Rua Dias Ferreira nº 417 — Loja Parte
22431-050 — Rio de Janeiro — RJ
Tel.: (021) 259-8946

2000

Impresso no Brasil / *Printed in Brazil*

O FANTASMA DE CANTERVILLE
Um romance hilo-idealista[1]

I

Quando o sr. Hiram B. Otis, o ministro americano, comprou Canterville Chase, não houve quem não lhe dissesse que estava fazendo uma grande bobagem, pois não havia dúvida alguma de que o lugar era mal-assombrado. De fato, o próprio lorde Canterville, que era um homem muito escrupuloso em questões de honra, viu-se no dever de mencionar o fato ao sr. Otis quando discutiram os termos da compra.

— Nós mesmos não nos dispusemos a morar lá — disse lorde Canterville —, depois que minha tia-avó, a duquesa viúva de Bolton, levou um susto tão grande que teve uma crise, da qual nunca se recuperou completamente, ao sentir duas mãos de esqueleto nos ombros, quando se vestia para o jantar. Sinto-me no dever de dizer-lhe, sr.

1. O hilo-idealismo é a doutrina de que a realidade pertence a um objeto de crença. O subtítulo de Wilde é uma paródia das histórias de fantasmas. (N.T.)

Otis, que o fantasma foi visto por diversas pessoas da minha família, ainda vivas, assim como pelo vigário da paróquia, o reverendo Augustus Dampier, membro do King's College de Cambridge. Depois do lamentável acidente ocorrido com a duquesa, nenhuma das empregadas mais jovens quis continuar conosco, e freqüentemente lady Canterville mal conseguia dormir à noite, por causa dos ruídos misteriosos que vinham do corredor e da biblioteca.

— Senhor — respondeu o ministro —, ficarei com os móveis e com o fantasma pelo preço combinado. Venho de um país moderno, onde temos tudo o que o dinheiro pode comprar; com todos os nossos ativos jovens se esbaldando no Velho Mundo e levando embora seus melhores atores e prima-donas, creio que, se ainda houvesse na Europa um verdadeiro fantasma, já o teríamos conosco em algum museu público, ou exposto nas ruas, em espetáculo.

— Temo que o fantasma existe — disse lorde Canterville sorrindo —, embora possa ter resistido às ofertas dos seus intrépidos empresários. É conhecidíssimo há três séculos, mais exatamente desde 1584, e sempre aparece antes da morte de um dos membros da nossa família.

— Ora, o médico da família também aparece, lorde Canterville. Mas fantasmas não existem, senhor, e suponho que as leis da natureza não serão suspensas por causa da aristocracia britânica.

— Certamente, os senhores são muito naturais na América — respondeu lorde Canterville, que não compreendera inteiramente a última observação do sr. Otis, — e se não lhe importa um fantasma dentro de casa, tanto melhor. Apenas se lembre de que o avisei.

Algumas semanas depois, concluiu-se a transação e, ao final da temporada, o ministro e a família foram para Canterville Chase. A sra. Otis, que, com o nome de srta. Lucrécia R. Tappan, da Rua 53 Oeste, fora uma célebre beldade nova-iorquina, era agora uma bela senhora de meia-idade, de olhos bonitos e perfil soberbo. Muitas damas americanas, ao deixarem a terra natal, adotam uma aparência de enfermidade crônica, convencidas de que isso é um sinal de requinte europeu, mas a sra. Otis nunca incorrera nesse erro. Tinha magnífica constituição e extraordinária vitalidade. Em muitos sentidos era, de fato, bem inglesa e um excelente exemplo de que temos, hoje em dia, tudo em comum com a América, com exceção, naturalmente, da língua. O filho mais velho, batizado pelos pais com o nome de Washington em um momento de patriotismo, que ele nunca deixou de lamentar, era um rapaz louro, bonito, que se habilitara para a diplomacia americana dirigindo o cotilhão[2] no cassino de Newport por três temporadas sucessivas, e que até em Londres ti-

2. Uma dança. (N.T.)

nha fama de excelente dançarino. Suas únicas fraquezas eram as gardênias e o pariato. Quanto ao resto, era extremamente sensato. A srta. Virgínia E. Otis, uma mocinha de quinze anos, era graciosa e adorável como uma corça e tinha muita liberdade nos olhos azuis. Excelente amazona, havia certa vez apostado corrida em seu pônei com o velho lorde Bilton, dando duas voltas ao redor do parque. Vencera-o por um corpo e meio, bem em frente da estátua de Aquiles, para imenso deleite do jovem duque de Cheshire, que a pedira em casamento no mesmo instante e fora mandado de volta para Eton na mesma noite por seus tutores, banhado em lágrimas. Depois de Virgínia vinham os gêmeos, geralmente chamados de "Estrelas e Listras"[3] porque estavam sempre zunindo como chicote. Eram meninos encantadores e, com exceção do ilustre ministro, os únicos republicanos verdadeiros da família.

Como Canterville Chase fica a sete milhas de Ascot, a estação de trem mais próxima, o sr. Otis telegrafara para que mandassem um carro[4] apanhá-los e fizeram a viagem num extraordinário bom humor. Era um belo final de tarde de julho, e o ar recendia delicadamente com a fragrância dos pinheiros. Ouviam, de vez em quando, um pombo do

---

3. No original, "*Stars and Stripes*", uma referência à bandeira norte-americana. (N.T.)

4. No original, "*waggonette*", carro de quatro rodas com dois bancos laterais, puxado por cavalo. (N.T.)

mato arrulhando com sua voz doce, ou viam, oculto na samambaia farfalhante, o peito brunido do faisão. Pequenos esquilos espiavam-nos do alto das faias, e os coelhos corriam, velozes, por entre as moitas ou pelos cômoros cobertos de musgo, com seus rabos brancos no ar. Ao chegarem, porém, à avenida de Canterville Chase, o céu cobriu-se repentinamente de nuvens, uma quietude curiosa pareceu suspender a atmosfera, um grande bando de gralhas passou silenciosamente sobre suas cabeças e, antes que alcançassem a casa, caíram alguns grossos pingos de chuva.

Para recebê-los, em pé nos degraus, estava uma velha cuidadosamente vestida de seda preta, com touca e avental brancos. Era a sra. Umney, a governanta, que a sra. Otis, a pedido de lady Canterville, consentira em manter no cargo anterior. Fez a cada um uma profunda reverência, à medida que apeavam, e disse, com um singular tom antiquado:

— Sejam bem-vindos a Canterville Chase.

Seguindo-a, passaram por um belo vestíbulo em estilo Tudor até a biblioteca, uma sala baixa e comprida, com painéis de carvalho negro, em cuja extremidade se abria uma ampla janela de vitral. Ali encontraram o chá servido para todos e, depois de tirarem os casacos, sentaram-se e puseram-se a olhar à sua volta, enquanto a sra. Umney os servia.

De repente, a sra. Otis deu com os olhos numa opaca mancha vermelha no assoalho, ao pé da lareira e, sem saber o que realmente significava, disse à sra. Umney:

— Desconfio que derramaram alguma coisa ali.

— Sim, senhora — respondeu a velha governanta em voz baixa —, derramaram sangue naquele lugar.

— Que coisa horrível! — exclamou a sra. Otis. — Não gosto de manchas de sangue na sala de estar. É preciso removê-las imediatamente.

A velha sorriu e respondeu na mesma voz baixa e misteriosa:

— É o sangue de lady Eleanore de Canterville, assassinada nesse mesmíssimo lugar pelo marido, sir Simon de Canterville, em 1575. Sir Simon sobreviveu a ela nove anos e desapareceu, repentinamente, em circunstâncias muito misteriosas. Seu corpo nunca foi encontrado, mas seu espírito culpado ainda assombra a casa. A mancha de sangue tem sido muito admirada por turistas e visitantes e não pode ser removida.

— Tudo isso é bobagem — gritou Washington Otis —, o Campeão Removedor de Manchas e Incomparável Detergente de Pinkerton a fará desaparecer num piscar de olhos.

E antes que a horrorizada governanta pudesse impedi-lo, caiu de joelhos e pôs-se a esfregar rapidamente o assoalho com um bastonete do que parecia um cosmético preto. Em poucos segundos, a mancha de sangue havia desaparecido sem deixar vestígio.

— Eu sabia que Pinkerton era infalível! — exclamou, triunfante, enquanto passeava os olhos pela família admirada; mas, mal disse essas palavras, um relâmpago medonho iluminou o aposento sombrio, um trovão pavoroso fê-los todos ficar em pé e a sra. Umney desmaiou.

— Que clima monstruoso! — observou o ministro americano calmamente, enquanto acendia um charuto enorme. — Suponho que a velha terra esteja tão superpovoada que não se tem um tempo decente para todos. Semprei achei que a única solução para a Inglaterra é a emigração.

— Meu querido Hiram — exclamou a sra. Otis —, o que se pode fazer com uma mulher que desmaia?

— Desconte do ordenado dela, como se fosse por coisas quebradas — retrucou o ministro. — Garanto que não voltará a desmaiar. E, efetivamente, em alguns momentos, a sra. Umney voltava a si. Não havia dúvida alguma, entretanto, de que estava extremamente aborrecida e avisou severamente o sr. Otis de que se precavesse contra algum problema na casa.

— Já vi coisas, senhor, com meus próprios olhos — disse ela —, que fariam os cabelos de qualquer cristão ficarem em pé e durante muitas noites não pude pregar o olho por causa dos horrores que se fazem aqui.

O sr. Otis e a esposa, entretanto, asseguraram vivamente à pobre criatura que não tinham medo de fantasmas. Depois de invocar as bênçãos da Providência sobre os novos patrões, e conseguir um aumento de salário, a velha governanta retirou-se, cambaleando, para seu próprio quarto.

II

A tempestade rugiu furiosamente durante toda a noite, mas nada de extraordinário ocorreu. No dia seguinte, contudo, ao descerem para o café da manhã, encontraram de novo a terrível mancha de sangue no assoalho.

— Não creio que seja culpa do Incomparável Detergente — disse Washington —, pois já o experimentei em tudo. Deve ser o fantasma.

Dessa maneira, esfregou a mancha pela segunda vez, mas na segunda manhã ela tornou a aparecer. Também estava lá na terceira manhã, embora a biblioteca tivesse sido trancada à noite pelo próprio sr. Otis, que levara a chave para cima. A família inteira estava agora muito interessada; o sr. Otis começou a suspeitar que fora demasiadamente dogmático ao negar a existência de fantasmas; a sra. Otis manifestou a intenção de tornar-se sócia da Sociedade Psíquica, e Washington preparou uma longa carta para os srs. Myers e Podmore[5] sobre o tema da Permanência de Manchas Sanguíneas quando relacionadas com crime. Naquela noite, todas as dúvidas sobre a existência objetiva de fantasmas se dissiparam para sempre.

O dia havia sido quente e ensolarado e a família toda aproveitou o frescor da tarde para sair a passeio. Só regressou às nove horas, quando uma ceia leve lhe foi servida. Ninguém falou em fantasmas, de maneira que não havia sequer as condições elementares de espera receptiva que tantas vezes precedem a manifestação de fenômenos psíquicos. Os assuntos discutidos, como depois fiquei sabendo por intermédio do sr. Otis, foram apenas os que constituem a conversa habitual de americanos cultos de classe mais elevada, tal como a imensa superioridade da srta. Fanny Davenport sobre Sarah Bernhardt como atriz; a dificuldade em obter milho verde, bolos de trigo sarraceno e canjica, até nas melhores casas inglesas; a importância de Boston no desenvolvimento da alma universal; as vantagens do sistema de despacho de bagagem nas viagens de trem; e a doçura do sotaque nova-iorquino comparado com a arrastada fala londrina. Não se fez referência alguma ao sobrenatural, nem se aludiu a sir Simon de Canterville.

5. Autores de *Phantoms of the Living*, obra sobre alucinações telepáticas. (N.T.)

Às onze horas, a família recolheu-se e, às onze e meia, todas as luzes estavam apagadas. Pouco depois, o sr. Otis foi acordado por um curioso ruído no corredor, fora do quarto. Soava como o retinir de metais e parecia aproximar-se cada vez mais. Levantou-se imediatamente, acendeu um fósforo e olhou as horas. Era exatamente uma hora. Estava bastante calmo e, tomando o pulso, verificou que não estava febril. O estranho ruído continuava, ao mesmo tempo que ouvia som de passos claramente. Calçou os chinelos, tirou do estojo de artigos de toucador um pequeno frasco oblongo e abriu a porta. Bem à sua frente, viu, à pálida luz da lua, um velho de aspecto terrível. Seus olhos pareciam brasas ardentes; os longos cabelos grisalhos caíam-lhe sobre os ombros em anéis emaranhados; as roupas, de corte antiquado, estavam encardidas e rotas, e dos pulsos e tornozelos lhe pendiam pesados grilhões e algemas enferrujadas.

— Meu querido senhor — disse o sr. Otis —, devo realmente insistir em que lubrifique essas correntes e para isso lhe trouxe um vidrinho do Lubrificante Sol Levante de Tammany. Dizem que é muito eficaz logo na primeira aplicação e há vários testemunhos nesse sentido no invólucro por alguns dos nossos mais ilustres teólogos nativos. Vou deixá-lo aqui para o senhor, ao lado das velas, e terei muito prazer em fornecer-lhe mais, caso precise.

Com essas palavras, o ministro dos Estados Unidos colocou a garrafinha em uma mesa de mármore e, fechando a porta, voltou para a cama.

Por um instante, o fantasma de Canterville ficou imóvel de natural indignação; em seguida, arremessando violentamente a garrafa no pavimento polido, disparou corredor afora, lançando gemidos cavernosos e emitindo uma sinistra luz verde. Porém, no instante em que chegou ao topo da grande escada de carvalho, uma porta abriu-se de repente, surgiram duas pequenas figuras vestidas de branco e um enorme travesseiro passou zunindo pela sua cabeça! Evidentemente, não havia tempo a perder, de modo que, adotando às pressas a Quarta Dimensão do Espaço como meio de fuga, desapareceu por entre os lambris e a tranqüilidade voltou a reinar na casa.

Ao chegar a uma pequena câmara secreta na ala esquerda, encostou-se a um raio de lua para recuperar o fôlego e se pôs a examinar sua situação. Jamais, numa brilhante e ininterrupta carreira de trezentos anos, fora insultado tão grosseiramente. Pensou na duquesa viúva, que assustara a ponto de provocar-lhe uma crise, quando ela se olhava no espelho, coberta de rendas e brilhantes; nas quatro arrumadeiras, que tiveram um acesso de histeria, quando apenas sorrira para elas por entre as cortinas de um quarto de hóspedes; no vigário da paróquia, cuja vela apagara quando o homem voltava tarde da noite da biblioteca e que, verdadeiro mártir de perturbações nervosas, estivera, desde então, sob os cuidados de sir William Gull; na velha madame de Tremouillac, que, tendo acordado cedo certa manhã e visto um esqueleto sentado numa poltrona ao pé da lareira, a ler o diário dela, ficou seis semanas de cama com febre cerebral e, ao restabelecer-se, reconciliou-se com a Igreja e rompeu relações com o notório cético, monsieur de Voltaire. Recordou a terrível noite em que o malvado lorde Canterville foi encontrado quase asfixiado no quarto de vestir, com o valete de copas enfiado na garganta e confessou, minutos antes de morrer, que trapaceara e tirara 50 mil libras de Charles James Fox no Crockfold's[6] por meio daquela mesmíssima carta, jurando que o fantasma o havia obrigado a engoli-la. Todas as suas grandes proezas voltaram-lhe à lembrança, desde o mordomo que se suicidara com um tiro na despensa porque vira uma mão verde batendo de leve na vidraça da janela, até a bela lady Stutfield, que era obrigada a sempre usar uma faixa de veludo preto em volta do pescoço para esconder a marca de cinco dedos que lhe haviam queimado a pele alva e que se afogou no tanque das carpas, na extremidade do King's Walk. Com o egoísmo entusiasmado do verdadeiro artista, recapitulou suas mais célebres façanhas, e sorriu amargamente ao relembrar sua úl-

6. Um famoso clube de jogos londrino. (N.T.)

tima aparição como "Rubem, o Vermelho, ou o Bebê Estrangulado", seu *début* como o "Macilento Gideon, Sugador de Sangue de Bexley Moor", e o furor que excitara numa encantadora tarde de junho porque simplesmente se pusera a jogar uma espécie de boliche com os próprios ossos na quadra de tênis. E, depois de tudo isso, surgiam esses miseráveis americanos modernos para oferecer-lhe o Lubrificante Sol Levante e arremessar-lhe travesseiros à cabeça! Era realmente intolerável. Além disso, nenhum fantasma na história jamais fora tratado dessa maneira. Assim, resolveu vingar-se e ficou até o raiar do dia em atitude de profunda meditação.

III

Na manhã seguinte, quando se reuniu para o café da manhã, a família Otis discutiu o fantasma extensamente. O ministro dos Estados Unidos mostrou-se naturalmente um pouco aborrecido ao verificar que seu presente não fora aceito.

— Não desejo de modo algum — afirmou — causar qualquer injúria pessoal ao fantasma e devo dizer que, considerando o tempo que está nesta casa, não me parece nada cortês atirar-lhe travesseiros.

Uma observação muito justa que, sinto dizê-lo, provocou gargalhadas nos gêmeos.

— Por outro lado — continuou —, se ele realmente se recusa a usar o Lubrificante Sol Levante, seremos obrigados a tirar-lhe as correntes. Será absolutamente impossível dormir com todo este barulho do lado de fora dos quartos.

Durante o resto da semana, entretanto, não foram perturbados, e a única coisa que despertou alguma atenção foi a renovação constante da mancha de sangue no piso da biblioteca. Isso era, certamente, muito estranho, pois à noite, o sr. Otis sempre trancava a porta e fechava cuidadosamente as janelas. A cor camaleônica da mancha também provocava muitos comentários. Em certas manhãs, era de um vermelho opaco (quase indiano), depois vermelho-vivo, em seguida de um púrpura intenso e, uma vez, ao descerem todos para as orações familiares, segundo os ritos simples da Igreja Episcopal Americana Livre e Reformada, encontraram-na de um verde-esmeralda brilhante. Essas mudanças caleidoscópicas naturalmente divertiam muito os membros da família, que todas as noites faziam apostas sobre o assunto. A única pessoa que não participava da brincadeira era a pequena Virgínia que, por alguma razão inexplicada, sempre se mostrava muito aflita diante da mancha de sangue, quase chorando na manhã em que a viu verde-esmeralda.

A segunda aparição do fantasma ocorreu no domingo à noite. Pouco depois de haverem se deitado, alarmouos um estrondo medonho no vestíbulo. Correndo escada abaixo, descobriram que uma armadura grande e antiga havia sido retirada do suporte e caíra no chão de pedra, enquanto que, sentado em uma cadeira de espaldar alto, o fantasma de Canterville esfregava os joelhos com uma expressão de dor aguda no rosto. Os gêmeos, tendo trazido as zarabatanas, imediatamente lançaram duas bolinhas, com aquela precisão de pontaria que só se adquire depois de longa e cuidadosa prática num professor de caligrafia, enquanto o ministro dos Estados Unidos o mantinha sob a mira do revólver e ordenava-lhe, de acordo com as regras da etiqueta californiana, que levasse as mãos ao alto! O fantasma levantou-se bruscamente com um grito selvagem de ódio e passou por eles como um nevoeiro, apagando a vela de Washington Otis e deixando-os todos na mais completa escuridão. Ao chegar ao topo da escada, recobrou-se e resolveu soltar sua famosa gargalhada demoníaca, que, mais de uma vez, lhe tinha sido extremamente útil. Dizia-se que deixara grisalha a peruca de lorde Raker em uma única noite e fizera, certamente, com que três governantas francesas de lady Canterville se demitissem antes de completar o mês. Soltou, desse modo, sua risada mais horrível até que o velho teto abobadado soou e ressoou, mas mal havia se dissipado por completo o eco pavoroso quando se abriu a porta e apareceu a sra. Otis, numa camisola azul-claro.

— Parece-me que o senhor não está muito bem —, disse ela —, e lhe trago um frasco da tintura do dr. Dobell. Se for indigestão, verá que é um excelente remédio.

O fantasma fixou nela um olhar furioso e começou imediatamente a se preparar para transformar-se num enorme cachorro preto, façanha que o tornara célebre e à qual o médico da família sempre atribuíra à permanente idiotia do tio de lorde Canterville, o ilustríssimo Thomas Horton. Contudo, o ruído de passos que se aproximavam fê-lo hesitar no horrível propósito, de maneira que se contentou em tornar-se levemente fosforescente e desvaneceu-se com um profundo gemido sepulcral, no momento em que os gêmeos iam alcançá-lo.

Uma vez no quarto, sucumbiu, presa de violenta agitação. A vulgaridade dos gêmeos e o vulgar materialismo da sra. Otis eram, sem dúvida, extremamente irritantes, mas o que realmente o afligia era não ter podido vestir a armadura. Acalentara a esperança de que até mesmo americanos modernos ficariam impressionados à vista de um fantasma encouraçado, se por nenhum outro motivo razoável, ao menos por consideração ao poeta nacional deles, Longfellow, cuja poesia delicada e atraente o havia ajudado a passar muitas horas enfadonhas, quando os Cantervilles estavam na cidade. Além disso, era a sua própria armadura. Usara-a com sucesso no torneio de Kenilworth e fora, por causa dela, cumprimentado calorosamente pela rainha virgem em pessoa. Ao vesti-la agora, entretanto, fora completamente esmagado pelo peso da enorme couraça e do elmo de aço e caíra no chão de pedra, esfolando seriamente os joelhos e ferindo as articulações da mão esquerda.

Durante vários dias esteve muito mal e só saía do quarto para manter a mancha de sangue em bom estado. Entretanto, à força de seus próprios cuidados, recuperou-se e decidiu fazer uma terceira tentativa de assustar o ministro dos Estados Unidos e família. Escolheu a sexta-feira, dia 17 de agosto, para sua aparição, e passou a maior parte do dia passando em revista seu guarda-roupa, decidindo-se finalmente por um chapelão desabado com uma pena vermelha, uma mortalha com babados nos punhos e pescoço e uma adaga enferrujada. Ao anoitecer, caiu uma tempestade violenta e o ventava tanto que todas as janelas e portas do velho casarão tremiam e sacudiam. Na verdade, esse era o tipo de tempo que lhe agradava. Este era seu plano de ação: iria de mansinho ao quarto de Washington Otis, lhe diria umas frases ininteligíveis do pé da cama e enfiaria três vezes o punhal na garganta ao som de uma música lenta. Tinha uma especial implicância com Washington, pois sabia muito bem que era ele que tinha o hábito de remover a famosa mancha de sangue de Canterville, com o auxílio do Incomparável Detergente de Pinkerton. Depois de reduzir o irresponsável e imprudente jovem à condição de terror abjeto, rumaria para o quarto ocupado pelo ministro dos Estados Unidos e esposa e, uma vez lá, colocaria a mão pegajosa na testa da sra. Otis, ao mesmo tempo que sussurraria ao ouvido do trêmulo marido os segredos terríveis do ossuário. Quanto à pequena Virgínia, não havia ainda tomado qualquer decisão. Ela jamais o insultara e era bonita e gentil. Uns poucos gemidos cavernosos, de dentro do armário, pensou, seriam mais que suficientes, ou, se isso não bastasse para despertá-la, poderia tatear pela colcha, com seus dedos crispados pela paralisia. Com respeito aos gêmeos, estava determinado a dar-lhes uma lição. A primeira coisa a fazer era, naturalmente, sentar sobre seus peitos, a fim de produzir uma sensação sufocante de pesadelo. Depois, como as camas ficavam muito próximas uma da outra, colocar-se entre eles sob a forma de gélido cadáver verde, até que ficassem paralisados de terror; finalmente, arrancando a mortalha, rastejaria em redor do quarto com os ossos muito brancos e girando um olho em sua órbita, no papel de "Daniel, o Silencioso ou o Esqueleto do Suicida", com que, muitas vezes, havia produzido um grande efeito e que considerava perfeitamente à altura de seu famoso papel de "Martin, o Doido ou o Mistério Mascarado".

Às dez e meia, ouviu a família se recolher. Por algum tempo, perturbaram-no as selvagens gargalhadas dos gêmeos, que, com a alegria despreocupada de colegiais, evidentemente se divertiam antes de dormir. Mas, às onze e quinze tudo estava em silêncio e, quando soou meia-noite, saiu. A coruja bateu contra as vidraças da janela, o corvo grasnou no velho teixo, e o vento gemia, vagando em volta da casa como alma penada; porém, a família Otis dormia sem suspeitar de sua sorte e, mais alto do que o barulho da chuva e da tormenta, ouvia os roncos regulares do ministro dos Estados Unidos. Desprendeu-se furtivamente dos lambris, com um sorriso mal na boca cruel e enrugada, e a lua escondeu o rosto por trás de uma nuvem quando ele passou pela grande janela do balcão, onde suas próprias armas e as de sua esposa assassinada estavam gravadas em ouro e azul. Seguia, deslizando como uma sombra funesta, fazendo com que as próprias trevas o abominassem ao vê-lo passar. A certa altura, pensou ter ouvido um chamado e se deteve; mas era apenas um cão que ladrava na Granja Vermelha. Prosseguiu, resmungando estranhas maldições do século XVI e brandindo, de quando em quando, o punhal enferrujado no ar da meia-noite. Finalmente, chegou à esquina da passagem que levava ao quarto do desafortunado Washington. Deteve-se ali por um momento, o vento lhe agitando os longos cachos grisalhos em volta da cabeça e torcendo em dobras grotescas e fantásticas o horror indizível da mortalha do morto. O relógio bateu meia-noite e quinze e ele compreendeu que tinha chegado o momento. Deu um risinho e virou a esquina; mas mal o fez, retrocedeu, lançando um lastimável grito de terror, e escondeu o rosto lívido nas mãos longas e ossudas. Bem em frente a ele, havia um espectro horrível, imóvel como uma imagem esculpida e monstruoso como o sonho de um louco! Tinha a cabeça calva e lustrosa; o rosto redondo, gordo e branco, e o riso hediondo parecia ter-lhe crispado os traços em um eterno esgar. Dos olhos brotavam raios de luz escarlate, a boca era um largo poço de fogo, e uma veste medonha, como a sua, envolvia com sua neve silenciosa a figura titânica. Sobre seu peito havia uma tabuleta com uma estranha inscrição em caracteres antigos; parecia um códice de vergonhas, um registro de pecados terríveis, um horrendo calendário de crimes e, com a mão direita, carregava uma cimitarra de aço reluzente.

Como não havia até então visto um fantasma, ele sentiu-se naturalmente apavorado e, depois de um segundo olhar rápido à medonha aparição, fugiu para o quarto, tropeçando na comprida mortalha ao correr pelo corredor e, finalmente, deixando cair a adaga enferrujada dentro das botas de montaria do ministro, onde foi encontrada na manhã seguinte pelo mordomo. Uma vez de volta à privacidade de seus próprios aposentos, jogou-se num pequeno catre e escondeu o rosto sob as cobertas. Depois de um tempo, entretanto, o bravo e velho espírito dos Canterville se fez valer e ele decidiu ir falar com o outro fantasma assim que o dia amanhecesse. Desse modo, assim que a aurora cobriu de prata as colinas, ele voltou ao lugar onde havia visto, pela primeira vez, o horrendo fantasma, compreendendo que, afinal das contas, dois fantasmas valem mais do que um e que, com a ajuda do novo amigo, poderia cuidar dos gêmeos com mais segurança. Ao chegar no lugar, no entanto, viu uma cena terrível. Evidentemente, algo acontecera com o espectro, pois a luz se apagara completamente dos seus olhos cavos, a cimitarra reluzente caíra-lhe da mão, e ele estava encostado na parece numa posição forçada e incômoda. Simon precipitou-se para a frente e agarrou-o nos braços quando, para seu horror, a cabeça despegou-se e rolou pelo chão, o corpo assumiu uma posição reclinada e ele achou-se agarrado a um cortinado de fustão branco, com uma vassoura, uma faca de cozinha e um nabo oco aos seus pés! Incapaz de entender essa curiosa transformação, agarrou a tabuleta com pressa febril e nela leu, à luz cinzenta da manhã, essas palavras temíveis:

O fantasma de Otis
A única assombração original e verdadeira
Cuidado com as imitações
Todas as outras são falsas.

Tudo se esclareceu num átimo. Ele havia sido enganado, logrado, ludibriado! A velha expressão característica dos Canterville apareceu em seus olhos; apertou as gengivas desdentadas e, erguendo as mãos murchas bem acima da cabeça, jurou, de acordo com a fraseologia pitoresca da antiga escola, que quando Chantecler[7] tivesse soado duas vezes sua alegre trompa, feitos de sangue se consumariam e o crime sairia de seu retiro com passos silentes.

Mal concluíra esse medonho juramento quando um galo cantou, do telhado vermelho de uma distante propriedade rural. Soltou uma longa risada, baixa e amarga, e esperou. Esperou hora após hora, mas o galo, por alguma estranha razão, não cantou novamente. Finalmente, às sete e meia, a chegada das arrumadeiras fez com que desistisse dessa temível vigília, e ele voltou ao quarto, altivo, meditando sobre seu juramento inútil e propósito frustrado. Ali, consultou vários livros da antiga cavalaria, dos quais gostava muito, e descobriu que, todas as vezes que o juramento havia sido usado, Chantecler sempre cantara uma segunda vez.

— Maldita seja a ave travessa — resmungou —, lá se vai o tempo em que eu, com minha intrépida lança, lhe teria atravessado a garganta, obrigando-a a cantar para mim, nem que fosse seu último suspiro! Recolheu-se en-

7. Referência ao galo de *Renard, a Raposa* (velha história francesa) e de uma das histórias dos *Contos de Canterbury*, de Chaucer. (N.T.)

tão a um confortável caixão de chumbo, onde ficou até a noite.

* * *

No dia seguinte, o fantasma sentiu-se muito fraco e cansado. A terrível excitação das últimas quatro semanas começava a surtir efeito. Seus nervos estavam em frangalhos e sobressaltava-se ao menor ruído. Por cinco dias não saiu do quarto e, finalmente, decidiu renunciar à mancha de sangue no assoalho da biblioteca. Se a família Otis não a queria, sem dúvida não a merecia. Evidentemente, tratava-se de gente que estava num plano baixo e material de existência, totalmente incapaz de apreciar o valor simbólico dos fenômenos sensoriais. A questão das aparições de fantasmas e do desenvolvimento de corpos astrais era, naturalmente, uma outra história, que lhe escapava ao controle. Era seu dever ineludível aparecer no corredor uma vez por semana e pôr-se a falar na sua algaravia da grande janela do balcão, na primeira e terceira quartas-feiras de cada mês, e não via como poderia escapar honrosamente de suas obrigações. É bem verdade que sua vida fora perversa, mas, por outro lado, era extremamente consciencioso em tudo o que dizia respeito ao sobrenatural. Nos três sábados seguintes, portanto, atravessou o corredor como de hábito, entre meia-noite e três horas, tomando todos os cuidados possíveis para não ser visto ou ouvido. Descalçou as botas, pisou o mais leve que pôde nas velhas tábuas carcomidas, vestiu um grande manto de veludo preto e teve o cuidado de usar o Lubrificante Sol Levante para lubrificar as correntes. Devo reconhecer que só depois de muita hesitação decidiu-se a adotar este último meio de proteção. Porém, uma noite, enquanto a família jantava, entrou furtivamente no quarto do sr. Otis e apanhou o frasco. Sentiu-se um pouco humilhado, a princípio, mas, depois, teve o bom senso de admitir que havia muito a dizer em favor da invenção, que, até certo ponto, servia a seus propósitos. Apesar de tudo, não o deixavam em paz. Esticavam-se constantemente cordões de um lado a outro do corredor, nos quais tropeçava no escuro, e, certa vez, em que havia se vestido para o papel do "Negro Isac, ou o Caçador da Floresta de Hogley", levou um tombo feio, depois de pisar em uma prancha de madeira escorregadia que os gêmeos haviam colocado desde a entrada da Sala das Tapeçarias até o topo da escada de carvalho. Essa última afronta enfureceu-o tanto que resolveu fazer um esforço final para impor sua dignidade e posição social, e resolveu visitar os jovens e insolentes alunos de Eton na noite seguinte, com a famosa caracterização de "Ruperto, o Temerário, ou o Conde sem Cabeça".

Não se apresentava com esse disfarce havia mais de setenta anos, isto é, desde que com ele assustara de tal modo a formosa lady Barbara Modish que ela rompeu repentinamente o noivado com o avô do atual lorde Canterville e fugiu para Gretna Green, em companhia do belo Jack Castleton, declarando que nada no mundo a faria casar-se com um membro de uma família que permitia a um fantasma tão horrível passear pelo terraço ao crepúsculo. O pobre Jack foi morto a tiros posteriormente, num duelo com lorde Canterville em Wandsworth Common, e lady Barbara morreu de tristeza em Turnbridge Wells antes do final do ano, de modo que a sua participação no caso fora, em todos os sentidos, um grande sucesso. Era, contudo, uma caracterização muito difícil, se me permitem o uso de um termo teatral em conexão com um dos maiores mistérios do sobrenatural, ou, para empregar uma expressão mais científica, do mundo supernatural, que lhe custou três horas de preparativos. Por fim, tudo ficou pronto, e o resultado o satisfez plenamente. As grandes botas de montaria, de couro, que faziam parte do traje, eram um pouco grandes demais para ele, e só conseguiu encontrar uma das duas pistolas, mas, de modo geral, sentiu-se satisfeito, e, à uma e quinze, deslizou por entre os lambris e arrastou-se furtivamente pelo corredor. Quando chegou ao quarto ocupado pelos gêmeos, que, devo dizê-lo, chamavam de Quarto da Cama Azul, por causa da cor do cortinado, encontrou a porta entreaberta. Desejando fazer uma entrada impressionante, escancarou-a, quando um pesado jarro de água caiu bem em cima dele, deixando-o molhado até os ossos e passando a umas duas polegadas do seu ombro esquerdo. No mesmo instante, ouviu umas gargalhadas abafadas, vindas da cama de dossel. Sofreu tal choque o seu sistema nervoso que voltou correndo para o quarto e, no dia seguinte, se viu acometido de forte resfriado. A única coisa que o consolava em toda a história era não haver levado consigo a cabeça, pois, se a tivesse levado, as conseqüências teriam sido mais sérias.

Renunciou então a qualquer esperança de algum dia assustar aquela família americana grosseira e contentou-se, de modo geral, em vagar pelos corredores, com chinelos de ourela, um grosso cachecol vermelho à volta do pescoço para evitar correntes de ar, e um pequeno arcabuz, para o caso de vir a ser atacado pelos gêmeos. O último golpe, recebeu-o no dia 19 de setembro. Havia descido as escadas até o grande vestíbulo de entrada, convencido de que lá, pelo menos, não seria molestado, e divertia-se fazendo observações satíricas sobre as enormes fotografias, feitas por Saroni, do ministro dos Estados Unidos e da esposa, que agora substituíam os retratos da família Canterville. Vestia com simplicidade e bom gosto uma longa mortalha salpicada de terra de cemitério, amarrara o queixo com uma tira de linho amarelo, e carregava uma pequena lanterna e uma pá de coveiro. Na realidade, vestira-se para o papel de "Jonas, o Insepulto, ou o Ladrão de

Cadáveres de Chertsey Barn", uma de suas mais notáveis caracterizações, e da qual os Cantervilles tinham todos os motivos para se lembrar, pois havia sido a verdadeira causa da briga com o vizinho, lorde Rufford. Eram umas duas e quinze da manhã e, pelo que podia avaliar, estavam todos recolhidos. Enquanto se dirigia calmamente para a biblioteca, contudo, a fim de verificar se ainda restavam vestígios da mancha de sangue, de repente, de um canto escuro, saltaram sobre ele duas figuras, agitando loucamente os braços sobre suas cabeças , enquanto gritavam "BUUU!" em seu ouvido

Tomado de pânico, coisa muito natural nessas circunstâncias, correu para a escada, mas lá encontrou Washington Otis, que o esperava com a grande mangueira do jardim; vendo-se, assim, cercado por seus inimigos de todos os lados, e quase encurralado, desapareceu para dentro do grande fogão de ferro, que, felizmente, não estava aceso, e teve que voltar aos seus aposentos em meio aos canos e chaminés, chegando ao seu quarto num estado lamentável de sujeira, desalinho e desespero.

Depois daquela noite, nunca mais foi visto em qualquer expedição noturna. Os gêmeos ficaram à sua espera em diversas ocasiões e espalharam cascas de nozes todas as noites, para grande aborrecimento de seus pais e dos criados, mas foi tudo em vão. Era bem evidente que seus sentimentos haviam sido tão feridos que ele não voltaria a aparecer. Desse modo, o sr. Otis retomou sua grande obra sobre a história do Partido Democrático, na qual vinha trabalhando havia muitos anos; a sra. Otis organizou um piquenique de mexilhões, que assombrou toda a região; os meninos se dedicaram a jogar um tipo de hóquei, cartas, pôquer e outros jogos nacionais americanos; Virgínia cavalgava pelas alamedas em seu pônei, acompanhada pelo jovem duque de Cheshire, que havia vindo passar a última semana de suas férias em Canterville Chase.

Era opinião geral que o fantasma desaparecera e, de fato, o sr. Otis escreveu uma carta nesse sentido a lorde Canterville, que, em resposta, manifestou sua grande satisfação com a notícia, mandando seus efusivos parabéns à ilustre esposa do ministro.

Os Otis enganavam-se, todavia, pois o fantasma ainda estava na casa e, embora, quase um inválido agora, não tinha a menor disposição de deixar as coisas como estavam, especialmente ao saber que, entre os convidados, estava o jovem duque de Cheshire, cujo tio-avô, lorde Francis Stilton, apostara certa vez cem guinéus com o coronel Carbury que jogaria dados com o fantasma de Canterville; na manhã seguinte, o coronel fora encontrado estirado no chão da sala de jogos num estado de paralisia tão sem solução que, embora tenha vivido até idade avançada, nunca mais conseguiu dizer outra coisa senão "Seis dobrados". A história ficou célebre na ocasião, embora, naturalmente, por respeito aos sentimentos das duas nobres famílias, tudo tenha sido feito para abafá-la; um registro completo de todas as circunstâncias referentes a ela pode ser encontrado no terceiro volume das *Recordações do Príncipe Regente e de seus amigos*, de lorde Tattle. Havia, portanto, uma natural ansiedade, por parte do fantasma, em provar que não perdera sua influência sobre os Stilton, com quem, na verdade, era remotamente aparentado, já que uma prima-irmã sua havia se casado, *en seconde noces*, com o Sieur de Bulkeley, de quem, todos sabem, os duques de Cheshire são descendentes diretos. Por conseguinte, preparou-se para aparecer para o jovem apaixonado de Virgínia em seu célebre papel de "O Monge Vampiro, ou o Beneditino Exangue", uma caracterização tão medonha que quando a velha lady Startup a viu, numa fatal véspera de Ano Novo, no ano de 1764, começou a dar gritos agudíssimos, que culminaram numa violenta apoplexia e na sua morte, três dias mais tarde, não sem antes deserdar os Cantervilles, que eram seus parentes mais próximos, e deixar todo seu dinheiro para seu boticário de Londres. No último instante, no entanto, o terror que lhe inspiravam os gêmeos impediu-o de sair do quarto, e o pequeno duque dormiu em paz sob o grande dossel de penas na alcova real e sonhou com Virgínia.

V

Alguns dias depois, Virgínia e seu encaracolado cavaleiro saíram para cavalgar pelos prados de Brockley, e seu traje de amazona rasgou de tal modo ao atravessar uma sebe que, de volta à casa, ela decidiu subir as escadas dos fundos para não ser vista. Ao passar correndo pela sala das tapeçarias, cuja porta por acaso estava aberta, pareceu-lhe ver alguém ali dentro. Pensando tratar-se da criada de sua mãe, que às vezes costumava levar seu trabalho para lá, olhou para dentro para pedir-lhe que lhe consertasse o traje. Para sua imensa surpresa, porém, era o próprio fantasma de Canterville! Sentado à janela, observava o ouro velho das árvores amarelecidas esvoaçar pelo ar e as folhas vermelhas dançarem como loucas ao longo da grande avenida. Tinha a cabeça apoiada numa mão e um ar de profundo desalento. De fato, parecia tão desconsolado e tão abatido que a pequena Virgínia, cujo primeiro pensamento havia sido sair correndo e trancar-se no quarto, se encheu de pena e decidiu tentar confortá-lo. Tão leves eram os passos dela e tão profunda a melancolia dele, que ele não percebeu sua presença senão quando ela lhe falou:

— Sinto muito pelo senhor — disse ela —, mas meus irmãos voltarão para Eton amanhã e, então, se o senhor se comportar, ninguém vai aborrecê-lo.

— É absurdo pedir-me que me comporte — respondeu ele, contemplando estupefato a linda menina que se atrevera a dirigir-lhe a palavra, completamente absurdo. — Sou obrigado a sacudir minhas correntes, gemer através dos buracos de fechadura e a vagar à noite, se é a isso que você se refere. É minha única razão de existir.

— Não é razão nenhuma de existir, e o senhor sabe que foi muito malvado. A sra. Umney nos contou, no primeiro dia que chegamos aqui, que senhor matou sua mulher.

— Bem, eu o admito — respondeu, petulante, o fantasma —, mas era um assunto de família e não dizia respeito a mais ninguém.

— É muito errado matar os outros — retorquiu Virgínia, que às vezes tinha uma suave gravidade puritana, herdada de algum velho ancestral da Nova Inglaterra.

— Ah, odeio a severidade barata da ética abstrata! Minha mulher era muito feia, nunca mandava engomar direito minhas golas e não entendia nada de cozinha. Veja você, um dia matei um gamo na floresta de Hogley, um magnífico cervo, e você sabe como foi que ela o mandou para a mesa? Porém, isso não importa agora, pois tudo acabou, e acho que não foi nada bonito da parte dos irmãos dela me deixarem morrer de fome, embora eu a tenha matado.

— Deixarem-no morrer de fome? Oh, sr. fantasma, quero dizer, sir Simon, o senhor está com fome? Tenho um sanduíche no meu estojo. Gostaria de comê-lo?

— Não, obrigado. Agora já não como nada; mas é muita bondade sua, de qualquer modo, e você é muito mais amável do que o resto de sua horrível, grosseira, vulgar e desonesta família.

— Basta! — exclamou Virgínia, batendo o pé —, o senhor é que é grosseiro, horrível e vulgar; quanto à desonestidade, o senhor sabe que roubou os tubos de tinta de minha caixa para tentar restaurar aquela ridícula mancha de sangue na biblioteca. Primeiro o senhor tirou todos os meus vermelhos, inclusive o vermelhão, e me impediu de pintar ocasos, depois tirou o verde-esmeralda e o amarelo-cromo; acabei ficando só com o índigo e o branco-chinês e não posso fazer senão cenas de luar, que são sempre deprimentes de se olhar, e nada fáceis de pintar. Nunca o denunciei, embora tivesse ficado muito aborrecida, e foi tudo muito ridículo, a história toda; quem é que já ouviu falar em sangue verde-esmeralda?

— Bem, de fato — disse o fantasma, humildemente —, o que eu havia de fazer? É muito difícil arranjar sangue de verdade hoje em dia e, como foi seu irmão que começou toda a confusão com o Detergente Incomparável, não vi nenhuma razão para não me apoderar de suas tintas; quanto às cores, isso é sempre uma questão de gosto; os Cantervilles têm sangue azul, por exemplo, o mais azul em toda a Inglaterra; mas sei que vocês americanos não ligam para essas coisas.

— O senhor não sabe nada, e o melhor que pode fazer é emigrar e aprimorar o espírito. Meu pai ficará muito feliz em lhe dar passe livre e, embora haja impostos pesados sobre espíritos de qualquer tipo, não haverá dificuldades quanto à alfândega, já que todos os funcionários são democratas. Estou certa de que o senhor fará um enorme sucesso, uma vez em Nova York. Conheço muita gente lá que daria 100 mil dólares para ter um avô, e muito mais ainda para ter um fantasma na família.

— Acho que não gostaria da América.

— Suponho que seja porque não temos ruínas nem curiosidades — disse Virgínia satírica.

— Não têm ruínas! Nem curiosidades! — exclamou o fantasma. — Vocês têm a sua marinha e suas maneiras.

— Boa noite; vou pedir a papai que arranje uma semana extra de férias para os gêmeos.

— Por favor, não vá, srta. Virgínia — pediu ele —; estou tão sozinho e tão infeliz que realmente não sei o que fazer. Quero ir dormir mas não consigo.

— Isso é decididamente absurdo! Basta que se deite na cama e apague a vela. É muito difícil às vezes ficar acordado, especialmente na igreja, mas não há qualquer dificuldade em dormir. Ora, até os bebês sabem como fazê-lo, e eles não são lá muito espertos.

— Não durmo há trezentos anos — ele disse tristemente, e os belos olhos azuis de Virgínia arregalaram-se de espanto —; há trezentos anos não durmo e estou tão cansado.

Virgínia ficou muito séria e seus lábios pequenos tremeram como pétalas de rosa. Aproximou-se e, ajoelhando-se ao seu lado, olhou seu velho rosto encarquilhado.

— Pobre, pobre fantasma — murmurou —, o senhor não tem onde dormir?

— Bem adiante dos pinheirais — respondeu, numa voz baixa e sonhadora —, há um pequeno jardim. Lá a grama cresce alta e profunda, lá se vêem as grandes estrelas brancas da flor da cicuta e lá o rouxinol canta a noite toda. A noite toda ele canta, e a fria lua de cristal olha lá de cima, e o teixo estende os braços gigantes sobre os que dormem.

Os olhos de Virgínia se encheram de lágrimas e ela escondeu o rosto nas mãos.

— O senhor se refere ao Jardim da Morte — murmurou.

— Sim, da morte. A morte deve ser bela. Deitar-se na macia terra escura, com a grama a balançar sobre a cabeça e escutar o silêncio. Não ter ontem, nem amanhã. Esquecer o tempo, perdoar a vida, estar em paz. Você pode me ajudar. Você pode me abrir os portais da casa da morte, pois o amor está sempre com você, e o amor é mais forte do que a morte.

Virgínia estremeceu, um calafrio percorreu-lhe o corpo e, por alguns momentos, fez-se silêncio. Parecia-lhe estar num sonho terrível.

Então, o fantasma falou novamente, com uma voz que soava como os suspiros do vento.

— Você alguma vez já leu a velha profecia na janela da biblioteca?

— Oh, muitas vezes — exclamou a jovem, levantando os olhos —; conheço-a muito bem. Está pintada em curiosas letras pretas e é difícil de ler. São apenas seis versos:

> Quando uma menina dourada fizer brotar
> Uma prece dos lábios do pecado,
> Quando a amendoeira estéril frutificar
> e uma criancinha seu pranto derramar,
> Então todos na casa terão calado
> E a paz retornará a Canterville.

Mas não sei o que significam.

— Significam — disse ele tristemente — que você deve chorar comigo pelos meus pecados, porque não tenho lágrimas, e orar comigo pela minha alma, porque não tenho fé, e depois, se você tiver sido sempre doce, boa e gentil, o anjo da morte terá piedade de mim. Você verá formas medonhas na escuridão e vozes más sussurrarão em seus ouvidos, mas não lhe farão mal, pois, contra a pureza de uma criança, nada podem os poderes do Inferno.

Virgínia não respondeu, e o fantasma retorceu as mãos em selvagem desespero ao baixar os olhos sobre a cabeça dourada inclinada. De repente, ela se levantou, muito pálida, e com uma estranha luz em seus olhos. — Não tenho medo — disse com firmeza —, e pedirei ao Anjo que tenha piedade do senhor.

Ele se levantou da cadeira com um fraco grito de alegria e, tomando-lhe a mão, curvou-se sobre ela com uma gentileza de outros tempos e beijou-a. Os dedos dele eram frios como gelo e os lábios queimavam como fogo, mas Virgínia não hesitou quando ele a conduziu pelo aposento sombrio. Na desbotada tapeçaria verde, havia pequenos caçadores bordados. Eles sopravam suas trompas ornadas de borlas e, com suas pequeninas mãos, faziam gestos para que retrocedesse.

— Volte, pequena Virgínia — gritavam —, volte!

Mas o fantasma apertou-lhe a mão com mais força e ela fechou os olhos para não vê-los. Animais horríveis com caudas de lagarto e olhos esbugalhados piscavam para ela da lareira esculpida e murmuravam:

— Cuidado, pequena Virgínia, cuidado! Talvez não a vejamos nunca mais.

Mas o fantasma apressou o passo e Virgínia não ouviu. Quando alcançaram a extremidade do aposento, ele parou e resmungou algumas palavras que ela não entendeu. Ela abriu os olhos e viu a parede dissolver-se lentamente, como um nevoeiro, e surgir uma grande caverna negra à sua frente. Um vento cortante e gelado passou por eles e ela sentiu algo puxar sua roupa.

— Rápido, rápido — gritou o fantasma —, ou será tarde demais.

Num instante, os lambris se fecharam atrás deles e a sala das tapeçarias ficou vazia.

VI

Cerca de dez minutos mais tarde, tocou o sineta para o chá e, como Virgínia não desceu, a sra. Otis mandou um dos lacaios chamá-la. Ele não tardou a voltar, dizendo que não conseguira encontrar a srta. Virgínia em lugar nenhum. Como ela costumava ir ao jardim todos os finais de tarde para apanhar flores para a mesa do jantar, a sra. Otis, a princípio, não se alarmou. Entretanto, quando bateram as seis horas e Virgínia não apareceu, ficou realmente preocupada e mandou os meninos à sua procura, enquanto ela própria e o sr. Otis deram uma busca em todos os aposentos da casa. Às seis e meia, os meninos voltaram e disseram que não havia sinal da irmã em nenhum lugar.

A essa altura estavam todos num estado de grande excitação e já não sabiam o que fazer quando o sr. Otis se lembrou, de repente, de que havia dado, uns dias antes, permissão a um grupo de ciganos para acampar no parque. Dirigiu-se, portanto, imediatamente a Blackfell Hollow, acompanhado pelo filho mais velho e por dois dos empregados da propriedade. O jovem duque de Cheshire, completamente louco de ansiedade, implorou que o deixassem ir também, mas o sr. Otis se opôs, com receio de uma briga. Ao chegar ao local, entretanto, descobriu que os ciganos haviam partido repentinamente, sem dúvida, pois a fogueira ainda ardia e havia alguns pratos pela grama. Depois de ordenar a Washington e aos dois homens que dessem uma busca nos arredores, voltou rapidamente para casa e telegrafou a todos os inspetores de polícia do condado, pedindo-lhes que procurassem uma menina raptada por vagabundos ou ciganos. Em seguida, ordenou que lhe trouxessem o cavalo e, depois de insistir com a mulher e os três rapazes para que jantassem, saiu pela estrada de Ascot com um cavalariço. Entretanto, mal havia percorrido umas duas milhas quando ouviu um galope atrás de si e, olhando para trás, viu o jovem duque que chegava em seu pônei, com o rosto muito vermelho e a cabeça descoberta.

— Sinto muitíssimo, sr. Otis, — disse, ofegante —, mas não consigo jantar enquanto Virgínia está perdida.

Por favor, não se zangue comigo; se o senhor tivesse permitido que ficássemos noivos no ano passado, nada disso teria acontecido. O senhor não vai me mandar voltar, não é? Não posso ir! Não irei!

O ministro não pôde deixar de sorrir diante do estouvamento do belo jovem e, comovido por essa demonstração de afeto por Virgínia, debruçou-se sobre o cavalo, bateu-lhe bondosamente nos ombros e disse:

— Bem, Cecil, se você se recusa a voltar, suponho que deva me acompanhar, mas precisarei conseguir-lhe um chapéu em Ascot.

— Para os diabos o chapéu! Quero Virgínia! — gritou o jovem duque, rindo, e se dirigiram a galope para a estação de trem. Lá, o sr. Otis indagou ao chefe da estação se não haviam visto na plataforma alguma pessoa que correspondesse à descrição de Virgínia, mas não obteve notícias dela. O chefe, no entanto, telegrafou para todas as estações naquela linha e assegurou-lhe que seria mantida uma rigorosa vigilância; depois de comprar de um comerciante de fazendas, que estava começando a fechar a loja, um chapéu para o jovem duque, o sr. Otis partiu para Bexley, aldeia situada a cerca de quatro milhas, que, segundo lhe haviam dito, era um lugar sabidamente freqüentado por ciganos, devido a uma grande área de terras públicas que lhe ficava próxima. Ali, despertaram o guarda rural, mas não conseguiram arrancar nenhuma informação dele, e, depois de vasculhar a área pública, os dois cavalos tomaram outra vez o caminho de casa, onde chegaram perto das onze horas, mortos de cansaço e quase inconsoláveis. Encontraram Washington e os gêmeos à sua espera no portão munidos de lanternas, pois a avenida estava muito escura. Não se descobrira qualquer vestígio de Virgínia. Os ciganos haviam sido capturados nos prados de Brockley, mas ela não estava com eles, que explicaram a partida repentina dizendo que haviam se enganado quanto à data da feira de Chorton e que, temendo perdê-la, haviam partido às pressas. De fato, se afligiram ao serem informados do desaparecimento de Virgínia, pois eram gratos ao sr. Otis, que lhes havia permitido acampar no parque, e quatro deles haviam ficado para trás para auxiliar nas buscas. O tanque de carpas havia sido esvaziado e toda a propriedade fora detalhadamente examinada, sem nenhum resultado. Era evidente que, por aquela noite pelo menos, Virgínia estaria perdida para eles; e foi num estado da mais profunda depressão que o sr. Otis e os rapazes andaram até a casa, seguidos do cavalariço, dos dois cavalos e do pônei. No vestíbulo, encontraram um grupo de criados assustados e, deitada num sofá na biblioteca, a pobre sra. Otis, quase louca de terror e de ansiedade, com a velha governanta lhe aplicando compressas de água-de-colônia na testa. O sr. Otis insistiu imediatamente que ela comesse alguma coisa e ordenou que a ceia fosse servida para todos. Foi uma refeição melancólica, pois quase ninguém falou, e até mesmo os gêmeos, que gostavam muito da irmã, estavam apavorados e subjugados. Quando terminaram, o sr. Otis, apesar das súplicas do jovem duque, mandou todos para a cama, dizendo que nada mais se poderia fazer naquela noite e que telegrafaria na manhã seguinte para a Scotland Yard solicitando que alguns detetives fossem enviados imediatamente. Mas, no momento em que saíam da sala de jantar, o relógio da torre começou a bater meia-noite e, ao soar a última pancada, ouviu-se um estrondo e um súbito grito penetrante; um trovejar medonho sacudiu a casa, uma melodia fantasmagórica flutuou pelo ar e um painel no topo da escada despregou-se ruidosamente e, no patamar, muito pálida e branca, apareceu Virgínia, com um pequeno cofre na mão. Num instante, correram todos para ela. A sra. Otis abraçou-a apaixonadamente, o duque sufocou-a com a violência de seus beijos e os gêmeos executaram uma selvagem dança de guerra ao redor do grupo.

— Valha-me Deus!, filha, onde você esteve? — perguntou o sr. Otis, zangado, pensando que ela houvesse pregado uma peça neles. — Cecil e eu estivemos vasculhando toda a região à sua procura e sua mãe quase morreu de medo. Nunca mais faça esse tipo de brincadeira.

— Só no fantasma! Só no fantasma! — gritaram os gêmeos, enquanto pulavam ao redor.

— Minha filhinha querida, graças a Deus a encontramos; nunca mais saia de perto de mim — murmurou a sra. Otis, enquanto beijava a trêmula criança e lhe desembaraçava os cabelos dourados.

— Papai — disse Virgínia baixinho —, estive com o fantasma. Ele está morto, e o senhor tem que ir vê-lo. Ele foi muito mau, mas se arrependeu sinceramente de tudo que o que fez e deu-me essa caixa de lindas jóias antes de morrer.

A família inteira encarou-a em mudo assombro, mas Virgínia tinha um ar grave e sério; e, voltando-se, conduziu-os através da abertura nos lambris, por um estreito corredor, seguidos de Washington que carregava uma vela acesa, tirada de cima da mesa. Finalmente, chegaram a uma grande porta de carvalho, guarnecida de pregos enferrujados. Quando Virgínia a tocou, a porta girou sobre seus pesados gonzos e o grupo achou-se num quartinho baixo, com o teto abobadado, e uma minúscula janela gradeada. Encravada na parede, havia uma enorme argola de ferro, na qual estava acorrentado um esqueleto emaciado, estendido no chão de pedra, que parecia tentar agarrar, com os longos dedos descarnados, uma travessa e um jarro antigos, colocados fora de seu alcance. O jarro evidentemente estivera outrora cheio de água, pois tinha seu interior coberto de mofo esverdeado. Não havia nada na travessa senão um monte de pó. Virgínia ajoelhou-se ao lado do esqueleto e, juntando as mãozinhas, começou a rezar em silêncio, enquanto o resto do grupo observava, assombrada, a terrível tragédia cujo segredo agora se revelava.

— Vejam! — exclamou subitamente um dos gêmeos, que estivera olhando pela janela para tentar descobrir em que ala da casa o quarto estava localizado. — Vejam, a velha amendoeira seca floresceu! Posso perfeitamente ver as flores à luz da lua.

— Deus o perdoou — disse Virgínia gravemente, levantando-se, e uma bela luz pareceu iluminar seu rosto.

— Que anjo você é! — exclamou o jovem duque, passando-lhe o braço em volta do pescoço e beijando-a.

VII

Quatro dias depois desses curiosos acontecimentos, um funeral saiu de Canterville Chase perto das onze horas da noite. O carro fúnebre era puxado por oito cavalos negros, cada um dos quais levava à cabeça um grande penacho de plumas de avestruz, e o caixão de chumbo estava coberto por uma rica mortalha púrpura, em que estava bordado em ouro o brasão dos Canterville. Ao lado do carro e das carruagens caminhavam os criados com tochas acesas, e o cortejo impressionava maravilhosamente. Lorde Canterville, vindo especialmente do País de Gales para acompanhar o funeral, era a figura principal e ocupava a primeira carruagem ao lado da pequena Virgínia. Em seguida, vinham o ministro dos Estados Unidos e sua esposa, depois Washington e os três rapazes e, no último carro, a sra. Umney. O sentimento geral era que, depois de ter sido atemorizada pelo fantasma por mais de cinqüenta anos, a governanta tinha o direito de assistir-lhe ao fim. Uma cova profunda havia sido cavada no canto do adro, sob o velho teixo, e o serviço fúnebre foi lido de forma admirável pelo reverendo Augustus Dampier. Ao final da cerimônia, os criados, de acordo com um velho costume da família Canterville, apagaram as tochas e, enquanto o caixão baixava à sepultura, Virgínia adiantou-se e colocou sobre ele uma grande cruz feita de flores de amendoeira brancas e rosas. Nesse momento, a lua surgiu de trás de uma nuvem inundando de prata silenciosa o pequeno adro e, de um bosque distante, um rouxinol começou a cantar. Ela pensou na descrição do Jardim da Morte que lhe fizera o fantasma, seus olhos se encheram de lágrimas e mal disse uma palavra no caminho de volta para casa.

Na manhã seguinte, antes que lorde Canterville fosse à cidade, o sr. Otis teve uma conversa com ele a respeito das jóias que o fantasma dera a Virgínia. Eram peças magníficas, especialmente certo colar de rubis, em antiga montagem veneziana, que constituía um exemplar realmente soberbo da ourivesaria do século XVI, e o valor delas era tão grande que o sr. Otis sentia escrúpulos em permitir que sua filha as aceitasse.

— Meu senhor — disse —, sei que neste país se aplica a lei da inalienabilidade tanto às jóias quanto às terras, e estou convencido de que essas jóias são, ou deveriam ser, bens de herança de sua família. Rogo-lhe, portanto, que as leve para Londres consigo e as considere simplesmente como parte de sua propriedade que lhe foi restituída em circunstâncias estranhas. Quanto à minha filha, não passa de uma criança e mostra, folgo em dizê-lo, pouco interesse por tais acessórios de luxo supérfluo. Fui também informado pela sra. Otis, que, posso afirmá-lo, não é autoridade desprezível em coisas de arte — tendo tido o privilégio de passar vários invernos em Boston, quando menina — de que essas pedras preciosas têm grande valor monetário e alcançariam altíssimo preço, se postas à venda. Nessas circunstâncias, lorde Canterville, creio que o senhor reconhecerá que me é impossível permitir que permaneçam nas mãos de qualquer membro da minha família; e, na verdade, todos esses vãos adornos e berloques, não importa quão apropriados e necessários à dignidade da aristocracia britânica, ficariam completamente deslocados entre aqueles que foram educados dentro dos severos, e na minha opinião imortais, princípios de simplicidade republicana. Talvez deva mencionar que Virgínia quer muito que o senhor lhe permita conservar a caixa, como recordação do seu infeliz mas mal orientado antepassado. Como a caixa é extremamente antiga, e está em péssimo estado, talvez o senhor queira aceder ao pedido dela. De minha parte, confesso que me surpreende descobrir, num filho meu, interesse pelo medievalismo em qualquer de suas formas, e só posso explicá-lo pelo fato de Virgínia ter nascido em um de seus subúrbios londrinos, logo depois que a sra. Otis havia regressado de uma viagem a Atenas.

Lorde Canterville ouviu, muito sério, a fala do ilustre ministro, cofiando o bigode grisalho de quando em quando para esconder um sorriso involuntário, e quando o sr. Otis terminou, apertou-lhe a mão cordialmente e disse:

— Meu caro senhor, sua adorável filha prestou um importante serviço ao meu antepassado, sir Simon, e minha família e eu lhe somos devedores pela sua maravilhosa coragem e decisão. As jóias evidentemente lhe pertencem e, por Deus, acredito que se eu tivesse a crueldade de tirálas dela, em quinze dias o velho malvado estaria fora do túmulo para infernizar-me pelo resto da vida. Quanto ao fato de serem bens de herança, nada é herança se não constar de testamento ou documento legal, e a existência dessas jóias era desconhecida. Asseguro-lhe que não tenho mais direito a elas do que seu mordomo e, quando a srta. Virgínia crescer, tenho certeza de que gostará de usar coisas bonitas. Além disso, o senhor se esquece, sr. Otis, de que comprou os móveis e o fantasma pelo preço combinado, e tudo o que pertencia ao fantasma passou imediatamente para o seu poder, pois, não importam quais fossem as atividades de sir Simon durante a noite, do ponto de vista legal ele estava realmente morto e o senhor adquiriu os bens dele por compra.

O sr. Otis ficou aflito com a recusa de lorde Canterville e rogou-lhe que reconsiderasse sua decisão, mas o bem-humorado par do reino se manteve firme e finalmente persuadiu o ministro a permitir que a filha ficasse com o presente dado pelo fantasma. Quando, na primavera de 1890, a jovem duquesa de Cheshire foi apresentada na primeira sala de recepção da rainha, por ocasião de seu casamento, suas jóias foram motivo de admiração geral. Pois Virgínia foi agraciada com a coroa ducal, recompensa de todas as boas meninas americanas, e se casou com seu jovem apaixonado assim que ele completou a maioridade. Eram ambos tão adoráveis, e se amavam tanto, que todos se encantaram com o enlace, exceto a velha marquesa de Dumbleton, que tentara agarrar o duque para uma de suas sete filhas solteiras e dera nada menos que três jantares caros com essa finalidade e, por estranho que possa parecer, o próprio sr. Otis. O sr. Otis gostava muitíssimo do duque pessoalmente, mas, em teoria, fazia objeções a títulos e, para usar suas próprias palavras, "temia que, entre as enervantes influências de uma aristocracia amante do prazer, fossem esquecidos os verdadeiros princípios da simplicidade republicana". Suas objeções, entretanto, foram totalmente vencidas e, creio, quando caminhou pela nave da igreja de São Jorge, em Hanover Square, conduzindo a filha pelo braço, não havia homem mais orgulhoso em toda a Inglaterra.

O duque e a duquesa, terminada a lua-de-mel, foram a Canterville Chase e, no dia seguinte ao de sua chegada, caminharam à tarde até o solitário adro, próximo aos pinheirais. Houve muita dificuldade, a princípio, quanto à inscrição na lápide de sir Simon, mas decidiu-se finalmente gravar nela apenas as iniciais do velho cavalheiro e os versos da janela da biblioteca. A duquesa trouxera consigo umas lindas rosas, que espalhou sobre o túmulo e, depois de ficarem ali por algum tempo, entraram no coro em ruínas da velha abadia. A duquesa sentou-se numa coluna caída enquanto seu marido pôs-se a seus pés, fumando um cigarro e admirando seus lindos olhos. De repente, jogou fora o cigarro, pegou-lhe a mão e disse-lhe:

— Virgínia, uma esposa não deve ter segredos para com o marido.

— Querido Cecil, não tenho segredos para você.

— Tem sim — respondeu, sorrindo —, você nunca me contou o que lhe aconteceu enquanto esteve trancada com o fantasma.

— Nunca contei a ninguém, Cecil — retorquiu Virgínia, gravemente.

— Eu sei, mas poderia contar-me.

— Por favor, não me peça isso, Cecil, não posso contar. Pobre sir Simon! Devo-lhe muito. Sim, não ria, Cecil, é verdade. Ele me fez ver o que é a vida, o que significa a morte e por que o amor é mais forte do que ambos.

O duque se levantou e beijou sua esposa, afetuosamente.

— Pode guardar seu segredo enquanto eu possuir seu coração — murmurou.

— Sempre foi seu, Cecil.

— E você contará a nossos filhos um dia, não é?

Virgínia corou.

O PRÍNCIPE FELIZ

Bem no alto da cidade, numa alta coluna, erguia-se a estátua do príncipe feliz. Era todo coberto de finas folhas de ouro puro, tinha nos olhos duas safiras brilhantes, e um grande rubi vermelho reluzia no cabo de sua espada.

Na verdade, era muitíssimo admirado.

— É tão belo quanto um cata-vento — observou um dos conselheiros da cidade, que desejava ganhar reputação por ter gosto artístico —; só não é muito útil — acrescentou, temendo que o povo o considerasse pouco prático, o que realmente não era.

— Por que você não pode ser como o príncipe feliz? — perguntou uma mãe ao filho que pedia a lua. — O príncipe feliz nunca chora por motivo algum.

— Fico satisfeito que haja alguém no mundo que seja realmente feliz — murmurou um homem desapontado, enquanto fitava a estátua maravilhosa.

— Parece mesmo um anjo — disseram as crianças da Escola de Caridade, ao saírem da catedral em seus mantos escarlates e aventais alvos.

— Como sabem? — disse o professor de matemática —, nunca viram um anjo.

— Ah! mas nós vimos, em sonhos — responderam as crianças; e o professor de matemática franziu as sobrancelhas, com semblante muito severo, pois não aprovava que crianças sonhassem.

Uma noite, voou sobre a cidade uma pequena andorinha. Suas companheiras tinham partido para o Egito seis semanas antes, mas ela ficou para trás porque estava apaixonada pelo mais belo junco. Ela o conheceu no princípio da primavera, enquanto voava rio abaixo atrás de uma grande mariposa amarela, e ficou tão atraída por aquela figura esguia, que parou para falar-lhe.

— Poderei amá-lo? — disse a andorinha, que gostava de ir direto ao assunto, e o junco fez-lhe uma reverência. Então voou ao seu redor, tocando a água com as asas, provocando ondulações prateadas. Era sua maneira de fazer a corte, que durou o verão inteiro.

— É uma relação ridícula — chilrearam as outras andorinhas —, ele não tem dinheiro, e tem parentes demais — e na verdade o rio estava bem cheio de juncos. Quando veio o outono, voaram para longe.

Depois que partiram, a andorinha sentiu-se solitária e começou a cansar-se de seu amado. — Ele é de pouca conversa, e temo que seja galanteador, porque está sempre flertando com a brisa. E, certamente, toda vez que a brisa soprava, o junco fazia as mais graciosas mesuras. — Reconheço que seja caseiro — continuou —, mas adoro viajar, e meu marido, conseqüentemente, também deveria gostar de viagens.

— Virá comigo? — disse finalmente a ele; mas o junco meneou a cabeça, tão arraigado estava a seu lar.

— Só estava gracejando comigo — disse ela. — Vou para as pirâmides. Adeus! — e se foi.

O dia todo ela voou, e de noite chegou à cidade. — Onde pernoitarei? Espero que a cidade esteja preparada para me abrigar.

Então viu a estátua sobre a alta coluna, e disse:

— Vou me acomodar ali, é um lugar muito bem localizado, com bastante ar fresco. — Assim, pousou entre os pés do príncipe feliz.

— Tenho um aposento de ouro — disse baixinho para si, olhando ao redor, e preparou-se para dormir; mas no momento em que colocava a cabeça sob a asa, uma enorme gota d'água caiu sobre ela. — Que estranho! não há uma única nuvem no céu, as estrelas estão brilhando e, no entanto chove. O clima no Norte da Europa é mesmo horrível. O junco gostava de chuva, mas isso era puro egoísmo dele.

Outra gota caiu.

— Qual a utilidade de uma estátua, se não serve para proteger da chuva? Tenho que procurar uma boa chaminé — disse ela, e decidiu ir embora.

Mas antes que abrisse as asas, uma terceira gota caiu, ela levantou os olhos e viu... Ah! o que ela viu?

Os olhos do príncipe feliz estavam cheios de lágrimas, e lágrimas corriam em suas faces douradas. Seu rosto era tão belo sob o luar que a pequena Andorinha encheu-se de compaixão.

— Quem é você? — disse ela.

— Sou o príncipe feliz.

— Por que está chorando então? — perguntou a andorinha. — Encharcou-me completamente.

— Quando era vivo e tinha um coração humano — respondeu a estátua —, eu não sabia o que eram lágrimas, pois vivia no Palácio de Sans-Souci, onde à tristeza não é permitido entrar. Durante o dia, brincava com meus companheiros no jardim, e à noite conduzia a dança no grande salão. Em volta do jardim havia um muro muito alto, mas nunca me importei em saber o que existia além dele, pois tudo ao meu redor era tão lindo. Meus cortesãos chamavam-me príncipe feliz, e feliz em verdade eu era, se o prazer é felicidade. Assim vivi e assim morri. E agora que estou morto, colocaram-me aqui tão alto que posso ver a feiúra e toda a miséria de minha cidade, e embora meu coração seja de chumbo, não posso fazer outra coisa senão chorar.

— O quê? Ele não é de ouro maciço? — disse a andorinha para si. Era muito educada para fazer comentários pessoais em voz alta.

— Longe — continuou a estátua com sua voz baixa e musical —, muito longe numa rua estreita, há uma casinha pobre. Uma janela está aberta e vejo uma mulher sentada à mesa. Tem o rosto magro e abatido, e mãos ásperas, picadas pela agulha, pois é costureira. Está bordando flores-da-paixão num vestido de cetim para a mais adorável dama de honra da rainha vestir no próximo baile da corte. Num leito, no canto do quarto, está deitado seu filho doente. Tem febre, e pede laranjas. A mãe não tem nada para dar-lhe, exceto água do rio, e por isso ele está chorando. Andorinha, andorinha, pequena andorinha, não quer levar-lhe o rubi do cabo de minha espada? Meus pés estão presos a este pedestal e não posso me mover.

— Esperam-me no Egito — disse a andorinha. — Minhas amigas estão voando sobre o Nilo, conversando com as flores de lótus. Em breve vão dormir na tumba do grande rei. O próprio rei está ali, em seu sarcófago coberto de adornos. Está enrolado em linho amarelo e embalsamado com especiarias. Em seu pescoço há um colar de jade verde-pálido, e suas mãos são como folhas secas.

— Andorinha, andorinha, pequena andorinha — disse o príncipe —, não quer ficar comigo por uma noite, e ser minha mensageira? O menino está com tanta sede, e a mãe tão triste...

— Acho que não gosto de meninos — respondeu a Andorinha. — No verão, quando eu estava no rio, havia dois meninos rudes, os filhos do moleiro, que estavam sempre atirando pedras em mim. Nunca me acertaram, é claro; nós Andorinhas voamos bem demais para que nos acertem, e venho de uma família famosa pela agilidade; ainda assim, foi um sinal de desrespeito.

Mas o príncipe feliz parecia tão triste que a Andorinha se condoeu:

— Está muito frio aqui, mas ficarei com você por uma noite, e serei sua mensageira.

— Muito obrigado, andorinha — disse o príncipe.

Então a andorinha tirou o enorme rubi da espada do príncipe e voou, levando-o no bico por sobre os telhados da cidade.

Passou pela torre da catedral, onde anjos de mármore branco estavam esculpidos. Passou pelo palácio e ouviu o rumor da dança. Uma jovem formosa apareceu na sacada com seu namorado.

— Como estão maravilhosas as estrelas — disse ele — e como é maravilhoso o poder do amor!

— Espero que meu vestido fique pronto a tempo para o baile do Estado — respondeu a jovem. — Mandei que bordassem flores-da-paixão nele, mas as costureiras são tão preguiçosas!

A andorinha passou sobre o rio, e viu as lanternas penduradas nos mastros dos navios. Passou sobre o gueto e viu velhos judeus negociando entre si, pesando dinheiro em balanças de cobre. Finalmente, chegou à casa pobre e espiou. O menino agitava-se febrilmente no leito, e a mãe caíra no sono, tão cansada estava. Saltou para dentro e deixou o grande rubi sobre a mesa, ao lado do dedal. Então voou suavemente em volta do leito, abanando a fronte do menino com as asas.

— Sinto-me refrescar — disse o menino —, acho que estou melhorando — e mergulhou num sono delicioso.

Então a andorinha voltou ao príncipe feliz, e contou-lhe o que tinha feito.

— Engraçado — observou ela —, mas agora sinto calor, embora esteja tão frio.

— É porque praticou uma boa ação — disse o príncipe. E a pequena andorinha começou a pensar, adormecendo logo em seguida. Pensar sempre a fez ficar com sono.

Quando o dia raiou, ela voou ao rio e tomou um banho.

— Que fenômeno notável — disse o professor de ornitologia ao passar pela ponte. — Uma andorinha no inverno! — E escreveu uma longa carta sobre isso no jornal local. Todos a citavam, porque estava cheia de palavras que não compreendiam.

— Esta noite parto para o Egito — disse a andorinha, bastante animada com a perspectiva. Visitou todos os monumentos públicos, e ficou pousada um longo tempo no topo do campanário da igreja. Onde quer que fosse, os pardais aplaudiam, dizendo uns aos outros:

— Que estrangeira distinta! — E ela se divertiu bastante com isso.

Quando a lua surgiu, voltou ao príncipe feliz e disse:

— Tem alguma encomenda para o Egito? Já estou partindo.

— Andorinha, andorinha, pequena andorinha — disse o príncipe —, não quer ficar comigo por mais uma noite?

— Esperam-me no Egito — respondeu a andorinha. — Amanhã minhas amigas voarão até a segunda catarata. Os hipopótamos deitam-se ali entre os caniços, e num grande trono de granito está sentado o deus Memnon. Durante a noite inteira ele contempla as estrelas, e quando brilha a estrela da manhã, ele emite um canto de alegria e depois silencia. Ao meio-dia os leões vêm à margem das águas para beber. Têm olhos que se parecem com berilos verdes, e seus rugidos são mais estrondosos do que o rugir das cataratas.

— Andorinha, andorinha, pequena andorinha — disse o príncipe —, longe, no outro lado da cidade, vejo um jovem numa água-furtada. Está debruçado sobre uma mesa coberta de papéis, e num copo ao seu lado há uma maço de violetas murchas. Seu cabelo é castanho e crespo, seus lábios são vermelhos como a romã, e tem olhos grandes e sonhadores. Ele tenta terminar uma peça para o diretor do teatro, mas sente muito frio para continuar escrevendo. Não há fogo no fogão, e a fome o enfraqueceu.

— Ficarei com você mais uma noite — disse a andorinha, que no fundo tinha um bom coração. — Devo levar-lhe outro rubi?

— Ai de mim! Não tenho mais rubis — disse o príncipe —; meus olhos são tudo o que me resta. São feitos de safiras preciosas, trazidas da Índia há mil anos. Arranca uma delas e leva ao jovem. Ele a venderá ao joalheiro, comprará comida e lenha, e terminará a peça.

— Caro príncipe — disse a andorinha —, não posso fazer isso — e começou a chorar.

— Andorinha, andorinha, pequena andorinha — disse o príncipe —, faça o que lhe ordeno.

Então a andorinha arrancou o olho do príncipe e voou até a água-furtada do estudante. Era muito fácil entrar, já que havia um buraco no telhado. Arremessou-se através dele, e entrou no quarto. O jovem tinha a cabeça enterrada nas mãos, e não ouviu o bater das asas; quando levantou os olhos, encontrou a bela safira pousada sobre as violetas murchas.

— Começo a ser apreciado. Isto deve ser de algum grande admirador. Agora posso terminar minha peça — gritou, parecendo muito contente.

No dia seguinte, a andorinha foi ao porto. Pousou no mastro de uma grande embarcação e observou os marinheiros puxando caixas enormes do porão do navio. — Upa! — gritavam eles a cada caixa que levantavam.

— Vou para o Egito! — bradou a andorinha, mas ninguém lhe deu atenção, e quando a lua surgiu, voou até o príncipe feliz.

— Vim para dizer-lhe adeus.

— Andorinha, andorinha, pequena andorinha — disse o príncipe —, não quer ficar comigo por mais uma noite?

— É inverno — respondeu — e a neve fria logo vai chegar. No Egito o sol é quente sobre as palmeiras, e os crocodilos deitam-se na lama e olham preguiçosamente ao redor. Minhas companheiras estão construindo um ninho no templo de Baalbec, e as pombas rosadas as observam, arrulhando entre si. Caro príncipe, tenho que deixá-lo, mas nunca o esquecerei; e na próxima primavera trarei duas lindas jóias para substituir as que doou. O rubi será mais rubro que a rosa vermelha, e a safira tão azul quanto o imenso oceano.

— Na praça logo abaixo — disse o príncipe feliz —, há uma pequena vendedora de fósforos. Ela os deixou cair na sarjeta, e estão todos estragados. Seu pai baterá nela se não levar dinheiro para casa, e por isso ela está chorando. Não tem sapatos nem meias, e sua cabecinha está descoberta. Arranca meu outro olho e leva-lhe, para que seu pai não a maltrate.

— Ficarei com você mais uma noite — disse a andorinha —, mas não posso arrancar outro olho. Você ficaria completamente cego.

— Andorinha, andorinha, pequena andorinha — disse o príncipe —, faça o que lhe ordeno.

Ela arrancou então o outro olho do príncipe e alçou vôo. Precipitou-se sobre a vendedora de fósforos e deixou cair a jóia na palma de sua mão.

— Que lindo pedacinho de vidro — disse ela, e correu para casa, sorrindo.

A andorinha voltou ao príncipe e disse:

— Está cego agora; então ficarei com você para sempre.

— Não, pequena andorinha — disse o príncipe —, deve partir para o Egito.

— Ficarei com você para sempre — disse a andorinha, e adormeceu aos pés do príncipe.

Durante todo o dia seguinte, ficou pousada no ombro do príncipe, e contou-lhe histórias sobre coisas que viu em terras estranhas. Falou-lhe sobre os íbis vermelhos, que se postavam em longas fileiras nas margens do

Nilo, apanhando peixes dourados com os bicos; sobre a Esfinge, que é tão antiga quanto o próprio mundo, vive no deserto e tudo sabe; sobre os mercadores, que caminham vagarosamente ao lado de seus camelos e levam contas de âmbar nas mãos; sobre o rei das montanhas da Lua, que é negro como o ébano e cultua um imenso cristal; sobre a grande serpente verde, que dorme numa palmeira e tem vinte sacerdotes para alimentá-la com bolos de mel; e sobre os pigmeus que navegam sobre um grande lago em largas folhas e que estão sempre em guerra com as borboletas.

— Querida andorinha — disse o príncipe —, você me conta coisas espantosas, mas mais espantoso é o sofrimento de homens e mulheres. Não há mistério maior que a miséria. Voe por sobre minha cidade, pequena andorinha, e conte-me o que vir por lá.

Assim, a andorinha voou sobre a grande cidade e viu os ricos divertindo-se em suas residências luxuosas, enquanto os mendigos sentavam-se em frente aos portões. Voou por becos escuros e viu os rostos pálidos de crianças esfaimadas, olhando apaticamente para as ruas sombrias. Sob o arco de uma ponte estavam deitados dois meninos, abraçados um ao outro, tentando manter-se aquecidos.

— Temos tanta fome! — diziam os meninos.

— Vocês não podem ficar aqui — gritou o guarda noturno, e eles se retiraram, vagando sob a chuva.

Então a andorinha voltou e contou ao príncipe o que tinha visto.

— Sou coberto de ouro puro — disse o príncipe —, você deve tirá-lo, folha por folha, e dá-lo aos meus pobres; os vivos sempre acham que ouro pode fazê-los felizes.

Folha após folha de puro ouro a andorinha arrancou, até que o príncipe feliz ficasse fosco e acinzentado. Folha após folha de puro ouro levou aos pobres, e os rostos das crianças tornaram-se mais rosados, e elas riam e brincavam na rua.

— Agora temos pão — gritavam as crianças.

Então veio a neve, e depois da neve, a geada. As ruas pareciam feitas de prata, de tão luminosas e brilhantes; pontas de gelo, longas como adagas de cristal, pendiam dos beirais das casas; todos passavam vestindo casacos de pele, e as crianças usavam gorros escarlate, patinando sobre o gelo.

A pobre andorinha sentia cada vez mais frio, mas não queria deixar o príncipe, pois o amava muito. Apanhava migalhas à porta do padeiro quando ele não estava olhando, e tentava se aquecer agitando as asas.

Mas por fim sentiu que iria morrer. Mal tinha forças para voar uma vez mais ao ombro do príncipe.

— Adeus, querido príncipe — murmurou —, deixa-me beijar suas mãos?

— Fico contente que vá para o Egito afinal, pequena andorinha — disse o príncipe. — Ficou muito tempo aqui, mas deve beijar-me os lábios, pois a amo.

— Não é para o Egito que vou — disse a andorinha. — Vou para a Casa da Morte. A morte é irmã do sono, não é mesmo?

Então beijou o príncipe feliz nos lábios e caiu morta aos seus pés.

Naquele momento, um estranho estalo soou dentro da estátua, como se algo se tivesse quebrado. A verdade é que o coração de chumbo despedaçou-se em dois. Era certamente uma geada terrível.

Na manhã seguinte, bem cedo, o prefeito caminhava na praça em companhia dos conselheiros da cidade. Ao passar pela coluna, olhou para a estátua:

— Meu Deus! Que aspecto miserável tem o príncipe feliz! — disse ele.

— Muito miserável, realmente — disseram os conselheiros da cidade, que sempre concordavam com o prefeito, e subiram para examinar a estátua.

— O rubi caiu da espada. Os olhos desapareceram, e não há mais ouro — disse o prefeito. — Na verdade, é pouco mais que um mendigo!

— Pouco mais que um mendigo — disseram os conselheiros da cidade.

— E há até um pássaro morto aos seus pés! — continuou o prefeito. — Devemos emitir um decreto que proíba os pássaros de morrerem aqui. — E o secretário da cidade anotou a sugestão.

Então, puseram abaixo a estátua do príncipe feliz.

— Como já não é belo, já não é mais útil — disse o professor de Arte na universidade.

Assim, fundiram a estátua numa fornalha, e o prefeito convocou uma reunião com a corporação, para decidir o que seria feito do metal.

— Naturalmente, precisamos ter outra estátua — disse ele —, e será uma estátua com minha imagem.

— Com minha imagem — disse cada um dos conselheiros da cidade, e começaram a discutir. Da última vez que soube deles, ainda estavam discutindo.

— Que coisa estranha! — disse o contramestre da fundição. — Este coração de chumbo não derrete na fornalha. Vamos jogar fora. — Assim, jogaram-no em um monte de lixo onde estava também a andorinha morta.

— Traz-me as duas coisas mais preciosas da cidade — disse Deus a um de seus anjos; e o anjo trouxe-Lhe o coração de chumbo e o pássaro morto.

— Escolheste muito bem — disse Deus —, pois no jardim do Paraíso este passarinho cantará eternamente, e em minha cidade dourada, o príncipe feliz me louvará.

COLEÇÃO LEITURA

Teresina e seus amigos — Antonio Candido, 76 págs.

Sobre a modernidade — Charles Baudelaire, 70 págs.

Os primeiros contos de três mestres da narrativa latino-americana — O besouro e a rosa — Mário de Andrade; São Marcos — Guimarães Rosa; A mulher que chegava às seis — Gabriel García Márquez, 80 págs.

O príncipe — N. Maquiavel, 156 págs.

Senhorita Else — Arthur Schnitzler, 110 págs.

Os dentes da galinha — Stephen Jay Gould, 83 págs.

Os assassinatos na rua Margue / A carta roubada — Edgar Allan Poe, 91 págs.

O fantasma de Canterville / O príncipe feliz — Oscar wilde, 69 págs.

Crônicas de Antônio Maria — Antônio Maria, 77 págs.

Um coração simples — Gustave Flaubert, 55 págs.

A filha do negociante de cavalos / A meia branca / Sol — D. H. Lawrence, 108 págs.

O Beagle na América do Sul — Charles Darwin, 72 págs.

Escola de Mulheres — Molière, 92 págs.

Camões: verso e prosa — Luís Vaz de Camões, 127 págs.

O mito do desenvolvimento econômico — Celso Furtado, 88 págs.

Cinema: trajetória no subdesenvolvimento — Paulo Emílio Sales Gomes, 112 págs.

A Santa Joana dos Matadouros — Bertolt Brecht, Tradução e ensaio: Roberto Schwarz, 189 págs.

A Revolução Francesa — Eric J. Hobsbawm, 57 págs.

Contos — Machado de Assis, 136 págs.

Na colônia penal, Kafka, 51 págs.

O mandarim — Eça de Queiroz, 100 págs.

Macbeth — Shakespeare, 109 págs.

Uma história lamentável — Dostoievski, 101 págs.

O manifesto comunista — Karl Marx e Friedrich Engels, 67 págs.

A lição do mestre — Henri James, 120 págs.

Antígona — Sófocles (tradução: Millôr Fernandes), 56 págs.

Iracema — José de Alencar, 130 págs.

Pedro Párams — Juan Rulfo, 162 págs.

O conde de Gobineau no Brasil — Georges Raeders, 88 págs.

A arte da guerra — Sun Tzu, 144 págs.

Cinco contos — A Fuga; Je ne parle pas français; Senhorita Brill; A vida de mãe Parker; Tomada de hábito — Katherine Mansfield, 96 págs.

A dama das camélias — Alexandre Dumas, 132 págs.

Pedagogia da autonomia — Paulo Freire, 166 págs.

Profissão para mulheres; O status intelectual da mulher; Um toque feminino na ficção; Kew Gardens; Virginia Woolf, 52 págs.

Cartas a Che Guevara O mundo trinta anos depois — Emir Sader, 85 págs.

Contos de Andersen — Hans Christian Andersen, 136 págs.

Na terra das fadas — Bruno Bettelheim, 102 págs.

O romance está morrendo? — Ferenc Fehér, 103 págs.

Enéias — Gustav Schwab, 115 págs.

Do pudor à aridez — Anne Vincent-Buffalt, 130 págs.

A *mulher/os rapazes* — Michel Foucault, 131 págs.

Cinco Mulheres — Lima Barreto (org. Daniel Piza), 76 págs.